AF546609

Annette Roeder

DIE KRUMPFLINGE

Egon spukt in der Schule

Annette Roeder

DIE KRUMPFLINGE

Egon spukt in der Schule

Band 9

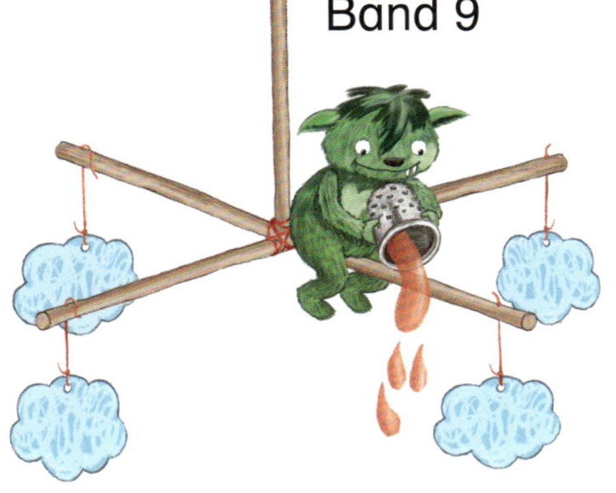

Mit Illustrationen von

Barbara Korthues

Dieses Buch ist auch als E-Book erhältlich.

Weitere Abenteuer von Egon Krumpfling und seinem Freund Albi Artich hat die Autorin Annette Roeder hier erzählt:
Die Krumpflinge – Egon zieht ein! (ISBN 978-3-570-15858-6)
Die Krumpflinge – Egon wird erwischt! (ISBN 978-3-570-15859-3)
Die Krumpflinge – Egon schwänzt die Schule (ISBN 978-3-570-17090-8)
Die Krumpflinge – Egon taucht ab! (ISBN 978-3-570-17123-3)
Die Krumpflinge – Egon rettet die Krumpfburg (ISBN 978-3-570-17262-9)
Die Krumpflinge – Egon wird großer Bruder (ISBN 978-3-570-17284-1)
Die Krumpflinge – Egon wünscht krumpfschöne Weihnachten (ISBN (978-3-570-17344-2)
Die Krumpflinge – Egon macht Ferien (ISBN 978-3-570-17395-4)

Verlagsgruppe Random House FSC® N001967

2. Auflage

Vermittelt durch die Literarische Agentur Barbara Küper
Umschlag und Innenillustrationen: Barbara Korthues
Serienlogo: Barbara Korthues
Lektorat: Hjördis Fremgen
hf · Herstellung: AJ
Satz und Reproduktion: Lorenz & Zeller, Inning a. A.
Druck: Grafisches Centrum Cuno, Calbe
ISBN 978-3-570-17477-7
Printed in Germany

www.cbj-verlag.de

Inhaltsverzeichnis

Aus Albis Freundebuch

Vorname: Egon

Nachname: Krumpfling

Haare: babyspinatgrün und überall am Körper

Augen: glupschig

Größe: 17,3 cm, wenn ich mich strecke

Besondere Merkmale: herzförmiger Fleck rechts auf der Brust

Das bin ich:

ganz schön, gell?!

Familie: ungefähr 49 Krumpflinge, wir sind alle miteinander verwandt

Ich wohne: Krumpfburg Nr. 22, in der roten Kindergießkanne mit den weißen Punkten (der Skistiefel wär mir lieber)

Alter: weiß ich nicht, aber ich bin der Jüngste der Krumpfling-Sippe

Lieblingsessen: Schimmelpilze mit Semmel-Knödeln

Lieblingsgetränk: Frisch gebrühter Krumpftee (am gernsten den aus Albis Schimpfwörtern)

Was mir gar nicht schmeckt: lol-Brause, bäh, da muss ich pupsen

Meine Hobbys: andere ärgern (aber so, dass sie nicht weinen müssen), schlafen, Teelöffel-Hockey spielen

Was ich einmal werden möchte: Dieb oder Ganove

Wovor ich Angst habe: Hunde und manchmal Oma Krumpfling

Meine besten Freunde: Albert Artich und sonst Keiner

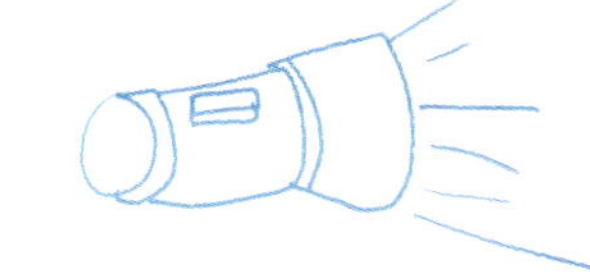

BÜCHER
2

Egon entwendet ein Buch

Bimm. Bimm. Bimm. Bimm. Und noch ein Bimm! Egon zählte fünf Glockenschläge. Ungeduldig beobachtete der kleine Krumpfling den runden Eingang zur Hutschachtel. Darin war die Bücherei der Krumpflinge untergebracht. Warum machte Fräulein Glemmer nicht endlich Feierabend? Normalerweise verkrümelte sie sich mindestens eine Viertelstunde vor Ende der Öffnungszeit. Aber ausgerechnet heute am Freitag ging sie nicht.
„Das ist doch zum Pups-Propellern!“, schimpfte Egon vor sich hin. „Du solltest längst in Albis Tasche sitzen, Egon Krumpfling. Dein Freund Albi wartet bestimmt schon!“
Und wenn der Menschenjunge bereits ohne den kleinen Krumpfling zur Lesenacht in die Schule unterwegs war?

„O-krumpf-o-krumpf! Das wäre ja furchterbar!“

Egon presste seine Pfoten auf den herzförmigen Fleck in seinem grünen Pelz. Darunter klopfte sein echtes Herz heftig vor Aufregung. Seit Tagen freute sich Egon auf die Lesenacht in Albis Menschenschule.

„Eine Lesenacht in der Schule ist etwas ganz Besonderes und kommt seltener vor als Wein-Nachten. Jedes Kind bringt sein Lieblingsbuch, eine Taschenlampe, eine Zahnbürste und einen Schlafsack mit. Alle machen es sich im Klassenzimmer gemütlich und dann wird vorgelesen ohne Stopp und Ende.“ So hatte Albi es Egon erklärt. Und nach langem Hin und Her war er auch einverstanden gewesen, den kleinen Krumpfling heimlich in der Tasche mit dem Gepäck mitzunehmen.

Egon wollte die Lesenacht auf keinen Fall verpassen, denn in der Krumpfling-Schule gab es

keine Lesenächte. Dabei liebte er es sehr, wenn Albi oder Lulu ihm vorlasen! Er hatte entdeckt, dass man mithilfe von Geschichten an alle möglichen Orte der Welt und in verschiedenste Zeiten reisen konnte. Jedes Wort, das er hörte, nahm in seinem Pelzköpfchen Gestalt an. Weil er sich so leicht fürchtete, lasen ihm seine Freunde allerdings keine Gruselgeschichten vor.
Zur Lesenacht wollte Egon natürlich nicht ohne ein eigenes Buch erscheinen! Eigentlich hatte er vorgehabt, aus der geschlossenen Bibliothek ein Buch … nun ja … zu stibitzen. Nur für eine Nacht natürlich! Das Ausleihen der 11 Bücher in der Krumpflingsbücherei war nämlich nicht gestattet. Weil die Zeit immer knapper wurde, musste Egon nun doch einen anderen Weg finden, um zu einem Buch zu gelangen. Also trat er mutig in die Hutschachtel. Jetzt verstand er auch, warum Fräulein Glemmer keine Anstalten machte, ihren Arbeitsplatz zu verlassen. Sie hatte es sich auf einem Spülschwamm mit einem dicken Wälzer bequem gemacht. Und in ihrem Arm lümmelte

zufrieden der kleine Gaga und ließ sich vorlesen. Richtig gemütlich sah das aus.
„Schaurig schlechten Abend, Fräulein Glemmer!“, rief Egon höflich.
„Die Bücherei ist geschlossen“, antwortete Fräulein Glemmer. „Komm am Montag wieder. Oder besser überhaupt nicht.“
Egon wunderte sich nicht über ihren schroffen Ton. Für Krumpflinge ist es ganz normal, sich anzumaulen oder zu beschimpfen. Nur Egon bildete da eine Ausnahme: Er konnte sich gut in andere einfühlen und wollte niemanden traurig machen. Darum musste er auch mehr als die anderen Krumpflinge einstecken.
Egon beschloss, sich von Fräulein Glemmer nicht abwimmeln zu lassen.
„Könnte ich ganz vielleicht ein Buch ausleihen?“
„Leiterwesen!“, quengelte Gaga.
Der Minikrumpfling hatte einen Sprachfehler, weil er während seiner „Wachstumsphase“ von Egon fälschlicherweise mit Buchstabensuppe gedüngt worden war.

Als Fräulein Glemmer nicht gleich weiterlas, strampelte er und schrie noch einmal wütend: „Weterleisen!“

„Aber ja, mein Stinkmorchelchen!“ Fräulein Glemmer kitzelte Gaga mit ihrer rosa lackierten Zeigekralle im Löffelöhrchen, bis der wieder kicherte. „Wo war ich stehen geblieben? Ach ja. Von einem der auszog, das Fürchten zu verlernen. Hinter den sieben Kellern, bei den sieben Tellern, lebte einmal ein kleiner Krumpfling, der sich immer fürchtete ...“

Egon überlegte, ob er einfach irgendein Buch nehmen und damit verschwinden sollte.

Aber wenn Fräulein Glemmer genau in diesem Moment zu ihm schaute?

Dann würde sie ihn sicher bei Oma Krumpfling verpetzen.

Und Ärger mit der strengen Chefin wollte Egon auf keinen Fall riskieren.

„Wenn Sie mir ausnahmsweise ein Buch mitgeben, bringe ich es auch ganz bestimmt morgen früh wieder zurück!“, versprach er. „Das schwöre ich bei Oma Krumpflings Lockenwicklern!“
„Ja zum Grunzgurk! Stehst du herzgefleckte Nervenraspel immer noch hier rum? Du weißt doch, dass alle unsere elf Bücher pfotengeschrieben sind und nur in der Bücherei gelesen werden dürfen.“
Fräulein Glemmer klang nun essigsauer. Trotzdem blieb Egon hartnäckig.
„Aber ich passe doch krumpfgut drauf auf. Es ist auch egal, welches Buch ich bekomme. Ich nehme sogar das Kochbuch mit den Schimmelpilzrezepten.“

Da platzte Fräulein Glemmer das Kragenfell. „Vermallekrumpft, verzupf dich! Und zwar dalliknalli, sonst hagelt es gleich Popoklatscher dazu!“

Voller Zorn warf sie das Buch in ihrer Pfote Richtung Egon. Um nicht getroffen zu werden, duckte sich Egon schnell unter dem Buch weg. So flog es in hohem Bogen zur offenen Tür hinaus. Das war natürlich nicht die Absicht der Bibliothekarin gewesen.

„Ich geh ja schon. Wünsche warziges Wochenende, Fräulein Glemmer!“, rief Egon und lief hinaus. Während er das „Große Buch der Krumpfmärchen“ aufhob, hörte er Gaga empört kreischen: „Mun Beich! Mun Beich! Gaga ganz besö!“

Doch das war nun eindeutig Fräulein Glemmers Problem. Egons Problem dagegen hatte sie höchst erfreulich gelöst. Jetzt konnte er seinen Menschenfreund Albert Artich zur Lesenacht begleiten – und zwar mit dem spannendsten Buch der ganzen Krumpfburg im Gepäck!

Albi wartet

Während Egon das Buch besorgte, saß sein bester Freund Albi im Treppenhaus der Villa Artich auf seiner Reisetasche wie auf glühender Grillkohle. Es war bereits zehn Minuten vor fünf – der kleine Krumpfling sollte sich schon längst in Albis Tasche geschmuggelt haben! Aber von Egon war nicht das feinste grüne Härlein zu sehen. Albi ließ die Kellertür, die einen Spalt weit offen stand, nicht aus den Augen.

„Albispatz, wir müssen fahren!“, rief seine Mutter aus dem Windfang. „Luise wartet sicher schon.“ Frau Artich hatte angeboten, Albis Klassenkameradin Lulu und ihr Übernachtungsgepäck mitzunehmen. Sie wohnte ja direkt nebenan, und außerdem musste Herr Vogelsang heute Abend mit seiner Band proben.

„Albi?“

„Moment, ich hole noch Ersatzbatterien für die Taschenlampe!“, rief Albi zurück.

„Aber mach schnell!“

Langsam ging Albi in die Küche, langsam nahm er eine Packung Batterien aus der Schublade, langsam ging er zurück. Ganz langsam legte er sie in seine Tasche. Doch Egon war nicht da.

„Albert?“ Rosalie klapperte demonstrativ mit dem Autoschlüssel.

„Einen Augenblick. Ich... ich will noch Antek einpacken.“

Im Schneckentempo holte Albi seinen Stoffaffen Antek aus dem Kinderzimmer. Dabei schimpfte er leise vor sich hin.

„Warum zum Kuckuck habe ich mich von Egon überreden lassen, ihn mitzunehmen? Es war doch klar, dass das Probleme gibt. Er ist ein Krumpfling und Krumpflinge sind nie pünktlich!"
Wenn er doch nur in den Keller gehen und Egon abholen könnte. Aber dann würden Oma Krumpfling und seine Mutter von ihrer geheimen Freundschaft erfahren. Und das wäre keine gute Idee! So wie Albi seine Mutter kannte, würde sie einen Kammerjäger bestellen, der Ungeziefer bekämpfte. Und Oma Krumpfling würde Egon dafür, dass er die Sippe an die Menschen verraten hatte, die Löffelohren noch länger ziehen als sie schon waren.
Hoffentlich war Egon inzwischen eingetrudelt. Doch der Krumpfling hockte nicht im Gepäck!
Albi stopfte Antek ganz unten in seine Tasche. Er bedauerte, dass ihm keine bessere Ausrede eingefallen war. Es wäre zu peinlich, wenn einer seiner Mitschüler das Stofftier entdecken würde.
„Albert Artich!", rief Rosalie nun hörbar ungeduldig. „Abfahrt!"

„Ich muss nachsehen, ob meine Zahnbürste im Waschbeutel ist“, antwortete Albi.
„Die Zahnbürste habe ich dir natürlich als Erstes eingepackt.“ Frau Artich stapfte zurück ins Treppenhaus und stemmte die Arme in die Seiten. „Können wir jetzt los? Wir wollen nicht unpünktlich sein. Du weißt doch: Wir heißen Artich ...“
„... und sind artig!“, vollendete Albi das Familienmotto. Er zog den Reißverschluss seiner Tasche bis auf eine Krumpflingsbreite zu.
„Ähm. Ich muss noch mal aufs Klo“, sagte er dann.
Rosalie Artich zog die Augenbrauen hoch. „Du bist in der vergangenen Viertelstunde bereits dreimal auf der Toilette gewesen! Brütest du etwa eine Erkältung aus? Ich hol dir lieber die langen Unterhosen.“
„Brauchst du nicht. Ich hab nur zu viel Tee getrunken.“

Albi verkrümelte sich schnell im Gäste-WC. Wenn er in der Schule mit langen Unterhosen auftauchte, würde er sich ja komplett lächerlich machen. Seine Mutter sah das wohl anders. Albi konnte ihre Schritte auf der Treppe hören und wie sie sich dann an seiner Tasche zu schaffen machte. Kurz darauf stand sie wieder vor der Klotür.

„Bist du in die Schüssel gefallen, Albispatz?“ Ihre Stimme klang jetzt eher besorgt als ungeduldig. „Ist wirklich alles in Ordnung mit dir?“

Notgedrungen zog Albi die Spülung und wusch sich umständlich die Hände. Als er aus der Toilette kam, stürzte sich Rosalie auf ihn und drückte ihn an sich.

„Mein armer Junge! Was bin ich doch dumm!“, rief sie. „Batterien, Stofftier, Pipi. Ich weiß natürlich, warum du die Abfahrt verzögern willst! Du hast Angst davor, anderswo zu übernachten. Aber vor mir kannst du das doch ruhig zugeben!“

Albi musste sich sehr bemühen, nicht laut zu lachen. Er fürchtete sich vor vielen Dingen, wie

Schlangen, gruseligen Filmen, fiesen Gespenstern oder schlechten Noten. Aber nicht vor einer Übernachtung weg von zu Hause. Im Gegenteil. Er freute sich riesig darauf, mal fort zu sein! Doch das behielt er jetzt besser für sich. Stattdessen umarmte er seine Mutter ganz fest und seufzte tief. Hauptsache, er konnte sie so lange hinhalten, bis Egon unbemerkt in die Tasche geschlüpft war. An ihrem Arm vorbei spähte er weiterhin zur Kellertür.

„Ich hole dich jederzeit ab!“, schlug Rosalie vor. Genau in diesem Moment kletterte Egon mit einem kleinen Rucksack über die oberste Stufe der Kellertreppe, wieselte zu Albis Tasche und quetschte sich hinein. Rosalie gab Albi einen Kuss. „Ruf einfach an, wenn ich kommen soll. Das Telefon liegt die ganze Nacht neben meinem Bett.“

„Danke, aber das wird bestimmt nicht nötig sein!“, erklärte Albi. „Können wir jetzt endlich fahren, Mama? Lulu wartet bestimmt schon!“

Frau Brettschneider wartet auch

Weil Egon nicht rechtzeitig aus dem Keller gekommen war, hatte Albi auf ihn gewartet. Also musste Frau Artich auf Albi warten. Und Lulu wartete auf Albi und Frau Artich, die sie ja zur Schule mitnehmen sollten. Am Ende der ganzen Warterei standen Frau Brettschneider, ihre Praktikantin Paula und 22 Schüler am Fenster des Klassenzimmers und hielten Ausschau nach Albi und Lulu. Vom ersten Stock aus hatten sie einen guten Überblick über die Straße und den Eingangsbereich vor der Schule.

„Wo bleiben Luise und Albert nur? Es dämmert schon“, überlegte Frau Brettschneider laut. „Wenn sie nicht bald eintreffen, kommt mein Zeitplan völlig durcheinander.“
„Haben wir denn nicht die ganze Nacht Zeit, um uns gegenseitig vorzulesen?“, fragte Anna mit den lockigen Haaren.
„Natürlich, aber wir wollen nicht nur vorlesen, sondern auch miteinander zu Abend essen.“
Frau Brettschneider zeigte auf den großen Tisch, den sie mit Paulas Hilfe aus den Tischen der Schüler zusammengeschoben und liebevoll gedeckt hatte. Sie lächelte geheimnisvoll.
„Außerdem habe ich mir noch eine besondere Überraschung für euch ausgedacht!“ Besorgt schaute sie auf ihre Armbanduhr.
„Dann fangen wir eben ohne Streber-Albert an“, schlug Götz vor. „Ich kann gut auf ihn verzichten.“
Eigentlich hatten seine Eltern Götz auf den Namen Gottlieb getauft. Aber weil er fand, dass er seinem Lieblingsfußballer Mario Götze ähnlich sah, mussten ihn alle Klassenkameraden Götz

nennen. Frau Brettschneider ließ sich allerdings von ihm nicht vorschreiben, wie sie ihn nennen sollte.

„Auf wen oder was wir bei unserer Lesenacht verzichten können, entscheide ich, Gottlieb Kurz!“, tadelte sie Götz.

„Na endlich, da kommt Herr Vogelsang angeradelt!“, rief die Locken-Anna. „Aber Lulu ist gar nicht dabei. Und warum hat Herr Vogelsang denn so viel weißen Stoff auf dem Gepäckträger?“

Frau Brettschneider wurde nervös. „Herr Vogel-

sang? Weißer Stoff?“ Sie klatschte in die Hände. „Husch, husch, Kinder, weg vom Fenster. Es ist Zeit, dass ihr eure Betten macht! Paula zeigt euch, wo ihr eure Schlafsäcke hinlegen könnt. Unsere Nachzügler kommen sicherlich jeden Moment. Ich gehe ihnen am besten entgegen und warte am Schultor auf sie.“
Sie schob Johanna, die immer etwas langsamer als die anderen Kinder war, vom Fenster weg. Dann griff sie nach ihrem großen Schlüsselbund und verließ auffallend eilig das Klassenzimmer.

Herzlich willkommen zur Lesenacht!

Kaum hatte sich die Tür hinter Frau Brettschneider geschlossen, sauste Götz zu seinem Rucksack. Anstelle seines Schlafsacks wühlte er eine Wasserpistole heraus und füllte sie am Waschbecken.

Studentin Paula, die später selbst einmal Lehrerin werden wollte, half Frau Brettschneider als Praktikantin bei der Betreuung der Schüler während der Lesenacht.

„Hast du nicht gehört, was Frau Brettschneider gesagt hat?“, fragte sie Götz.

„Natürlich! Aber sie hat mir auch beigebracht, höflich zu sein. Ich will Lulu und Albi angemessen begrüßen“, antwortete Götz frech.

Besonders Albi konnte er nicht leiden, weil der ihn aus Versehen mehrmals Gottlieb genannt hatte.

Auf Zehenspitzen schlich Götz zur Fensterwand. Leise kippte er einen Fensterflügel auf. Kichernd folgten ihm die anderen Kinder und stellten sich wieder an den Fenstern auf. Götz hatte wirklich lustige Ideen! Während Paula kopfschüttelnd begann, Isomatten auszurollen, drückten die Schüler ihre Nasen an die Scheiben. Keiner wollte verpassen, wie Götz Lulu und Albi von oben nass spritzte. Doch von den beiden war weit und breit nichts zu sehen. Dafür konnten die Kinder Herrn Vogelsang beobachten, der gerade vom Fahrrad stieg und den weißen Stoff vom Gepäckträger nahm. Frau Brettschneider kam aus dem Schulhaus und eilte geradewegs auf Herrn Vogelsang zu.

„Hä?“, sagte Maxi. „Ich versteh nur Bahnhofsbank. Wieso rast Frau Brettschneider wie ein Rennkuckuck über den Parkplatz auf den armen Herrn Vogelsang zu? Und warum deutet sie die ganze Zeit auf die Mülltonne?“

„Sie möchte wohl, dass er sich dahinter versteckt. Schaut doch mal, er macht alles, was sie will. Herr Vogelsang muss ganz schön Angst vor Frau Brettschneider haben“, stellte Johanna fest. „Man sieht nur noch seine knallorangen Turnschuhe.“

„Dieser Herr Vogelsang ist wirklich seltsam“, bestätigte Donatus.

Lukas unterbrach ihn: „Da drüben kommt der Opel Astra der Artichs!“

Er war Spezialist für Automarken.

Auch Frau Brettschneider hatte den Wagen entdeckt. Sie wandte sich von Herrn Vogelsang

ab und lief auf das Auto zu. Frau Artich parkte und Albi und Lulu hüpften aus der hinteren Tür. Die beiden Kinder holten ihr Gepäck aus dem Kofferraum. Frau Artich küsste Albi auf die Wangen und drückte ihn fest an sich.
„Bei drei geht's los", flüsterte Götz. „Eins ..., zwei ..."
Während Herr Vogelsang komischerweise immer noch hinter der Mülltonne hockte und Frau Brettschneider, Albi und Lulu die Stufen zum Schultor hinaufgingen, rief Frau Artich ihnen laut nach: „Ich hole dich jederzeit ab, Albispatz!"

Durch das gekippte Fenster im ersten Stock konnte man jedes Wort hören. „Und denk an die langen Unterhosen, falls ihr rausgeht, Albispatz!“

„Drei ..., haha …, Albispatz!“ Götz prustete laut los und feuerte gleichzeitig die Wasserpistole ab. Da er so lachen musste, verfehlte er sein eigentliches Ziel – und ein Wasserschwall traf Frau Brettschneider mitten ins Gesicht!

Albis Lieblingsbuch

Frau Brettschneider betrat das Klassenzimmer und kramte als Erstes ein Handtuch aus ihrem Rucksack. „Ihr Lauser! Euer Glück, dass in der Lesenacht Späße erwünscht sind!“ Lachend rubbelte sie sich das Gesicht ab. „Und das wird nicht der einzige bleiben, versprochen. Rache ist Blutwurst!“

Albi, der ihr mit Lulu gefolgt war, stellte seine Tasche sehr vorsichtig ab.

„Albispatz, hast du etwa Angst, dass deine Schnullersammlung durcheinandergerät?“, fragte Maxi und klatschte Lukas ab. Die beiden waren die besten Freunde von Götz und machten sich gerne mit ihm zusammen über Albi lustig.

Natürlich konnte Albi Maxi nicht erklären, dass er so sorgsam mit seiner Tasche umging, weil ein lebendiger Krumpfling darin reiste. Stattdessen antwortete er schlagfertig: „Du wirst noch froh sein, wenn ich dir später einen meiner vielen Schnullis leihe.“

Jetzt kicherte Lulu laut und Maxi wurde rot. In Albis Tasche lachte sich Egon zufrieden ins Pfötchen. Mit Kindern, die zu seinem besten Freund gemein waren, hatte er absolut kein Mitleid.

„Zankt euch nicht! Und richtet endlich eure Schlaflager her!“, forderte Frau Brettschneider die Schüler auf.

Kurz darauf war der Boden mit einem bunten Teppich aus 25 Isomatten, Schlafsäcken, Kuschelkissen, Reisetaschen und Rucksäcken bedeckt. Man erkannte das Klassenzimmer kaum wieder. Neben dem Gummibaum breitete Frau Brettschneider auf einer weichen Luftmatratze für sich selbst Daunendecke und Kopfkissen aus. Sie setzte sich im Schneidersitz darauf und schlug den Schweigegong. Als alle still waren, erklärte sie: „Die Lesenacht kann beginnen! Wir machen es uns jetzt gemütlich. Wer möchte uns denn etwas vorlesen?“

Praktikantin Paula und fünf Schüler meldeten sich: Götz, die Locken-Anna, Nils und Philomena. Natürlich streckte auch Albi seinen Zeigefinger in die Höhe.

Lulu dagegen rief: „Ich würde ja gerne vorlesen. Aber mein Lieblingsbuch ‚Frühstück mit Torte' hat leider keine Worte!"

Alle lachten.

Frau Brettschneider sagte: „Wir gehen am besten alphabetisch vor, damit es keinen Streit gibt. Albert Artich, du darfst beginnen!"

Albi kramte vorsichtig in seiner Tasche. Egons Glupschaugen leuchteten hell aus dem Dunkel.

Ein warmes Glücksgefühl durchströmte Albi, als Egon ihm zuzwinkerte. Der Krumpfling gab sich offensichtlich alle Mühe, brav zu sein. Hoffentlich gelang es ihm auch die restliche Nacht so gut!
Albi wuschelte Egon über den Haarschopf. Der hob die Daumenkralle und grinste breit. Alles in bester Krumpfordnung!
Damit Egon gut zuhören konnte, ließ Albi die Tasche offen. Er nahm sein Buch heraus und zeigte den anderen den Umschlag.
„Mein Lieblingsbuch heißt ‚Der Sommer, als wir den Esel zähmten'."
„Ein wildes Eselchen? Das klingt ja megagefährlich! I-Aaah!" Götz gähnte demonstrativ. „Und ich dachte, während einer Lesenacht liest man nur coole Gruselgeschichten."
Frau Brettschneider widersprach ihm: „Nein, wir wollten uns unsere Lieblingsgeschichten vorlesen. Albert, was gefällt dir an deinem Buch?"
„Es geht um Hugo und seine Familie, die mit einem Esel in den Bergen wandern. Hugo ist anfangs eher ängstlich, aber er wird durch seine

Freundschaft mit dem Esel sehr mutig. Ich lese euch ein lustiges Kapitel vor, in dem der Esel zwei böse Jungs verjagt."

Albi schlug bei einem Lesezeichen auf und begann vorzulesen: „Ich lege mich in die hohe Wiese und lasse mir die Sonne auf den Rücken scheinen. Dabei beobachte ich die Grillen, die sich vor meiner Nase an den Gräsern entlanghangeln ..."

„Grrrsch-Pjühh!" Aus der Ecke beim Waschbecken erklang lautes Schnarchen. Maxi und Götz taten so, als wären sie eingeschlafen.

Lukas quengelte: „Alter, das ist doch babisch! Wir möchten richtige Gespenstergeschichten hören!"

„Hm. Was meinen denn die anderen?" Frau Brettschneider ließ die Kinder abstimmen. Bis auf Johanna und Lulu wollten alle lieber etwas Unheimliches hören.

„Wenn das so ist, dann lese ich jetzt aus meinem Buch. Ich heiße ja Auerbach. Also bin ich sowieso als Nächstes dran", schlug Paula vor. „Der Titel

meines Buches lautet: ‚Das kleine Gespenst' von Otfried Preußler."
Die Schüler klatschten begeistert und Albi schloss etwas verlegen sein Lieblingsbuch. Er fühlte sich, als fänden die anderen Kinder nicht nur seine Geschichte, sondern auch ihn selbst schnarchlangweilig. Dabei hatten sie ihm nicht einmal die Chance gegeben, ihnen zu zeigen, dass sein Lieblingsbuch durchaus lustig und spannend war. Als er das Buch zurück in die Tasche schob, spürte er, wie zwei kleine weiche Pfötchen seinen Daumen umgriffen und fest drückten. Sofort verschwand das traurige Gefühl in Albis Brust. Die Zuneigung seines spinatknödelgroßen Freundes war doch viel mehr wert als die voreilige Meinung von ein paar Dummbatzen!

Egon fürchtet sich

Praktikantin Paula räusperte sich.
Als alle wieder still waren, las sie:
„Auf Burg Eulenstein
hauste seit uralten Zeiten
ein kleines Gespenst ...“
Als er das hörte, färbte sich
Egons grünes Gesichtsfell
schwefelgelb vor Schreck. Beim
Vorlesen wurden für ihn Geschichten immer sofort wahr.
„Ein echtes Gespenst?“, wimmerte er
aus Albis Tasche. In seiner lebhaften
Krumpflingsfantasie sah er das Gespenst
schon auf sich zuschweben. „Gibt's die also
wirklich? Ich bekomm eine gerupfte Krumpf-
lingshaut vor Schreck!“, schrie er.
Alle Schüler hatten Egons Ausruf gehört.

Er kam genau aus Albis Richtung. Da sie von Egon ja nichts wussten, musste Albi so gejammert haben.
„Du verträgst aber nicht viel!“, meinte Donatus mitfühlend.
„Ich … ähm ... ich ... bin manchmal etwas schreckhaft.“ Albi spürte, wie sich eine leichte Röte über sein Gesicht zog.
„Du bist ein ausgewachsener Feigling! Vor diesem Gespenstermickerling fürchtet sich nicht mal mein Meerschweinchen“, sagte Götz.
Jetzt bereute Albi doch ein bisschen, dass er Egon erlaubt hatte, mitzukommen. Andererseits wusste er auch genau, wie es ist, sich beim Vorlesen zu fürchten. Als Vorschulkind hatte er selbst sogar Angst vor der bösen Muhme Rumpumpel aus „Die kleine Hexe“ gehabt.
Frau Brettschneider brachte Götz zum Schweigen: „Das genügt, Gottlieb. Manche sind eben empfindlicher als andere.“
Paula erklärte, dass das kleine Gespenst harmlos ist, wenn man es nicht ärgert, und las weiter.

Das beruhigte Egon etwas. Albi hörte nur noch sein angespanntes Atmen aus der Tasche. Doch dann kam Paula zu der Stelle, an der der große Uhu auftaucht: „Aber am liebsten besuchte das kleine Gespenst seinen alten Freund, den Uhu Schuhu."

„Oma Krumpfling steh mir bei!", rief Egon da erneut los. „Ein unheimeliges Uhu-Monster! Ein krautfieser Krumpflingsfresser!"

Professor Honigschwamm hatte den Schülern schon in der ersten Klasse der Krumpflingschule beigebracht, dass Greifvögel neben Hunden und Menschen eine große Gefahr für Krumpflinge sein können. Greifvögel hielten sie für Beute. Sofort brauste ein lebensgefährlicher Uhu durch Egons Fantasie. „Aaaaaah!"

Er plärrte so laut, dass sich wieder alle nach Albi umdrehten. Der klopfte mit der Hand leicht auf seine Tasche, um Egon zum Schweigen zu bringen. Doch das erschreckte Egon erst recht und er schrie noch lauter: „Uhu-Attacke! Versteckert euch, schnell!“

Die Kinder prusteten los. Albis Gesicht wurde nun rot wie ein Granatapfel.

Frau Brettschneider sagte streng zu ihm: „Albert, langsam glaube ich, du machst das absichtlich. Störst du Paula beim Vorlesen, weil vorhin gegen dein Buch gestimmt wurde?“

Was sollte der arme Albi darauf antworten? Dass nicht er, sondern ein eingeschleuster, superempfindlicher Krumpfling durchs Klassenzimmer brüllte, weil er alles, was hier gelesen wurde, wie

in einem 3-D-Film vor seinen Glupschaugen sah? Dann würde ihn ja erst recht keiner mehr ernst nehmen!
„Entschuldigung", flüsterte er kleinlaut. „Ich vergesse manchmal, dass alles, was Paula liest, nur eine Geschichte ist. WIR sind jetzt still."
Egon verstand Albis Ansage. Es tat ihm natürlich schrecklich leid, dass er seinen Freund in so eine peinliche Situation gebracht hatte. Er nahm sich fest vor, ab jetzt nicht mehr alles für bare Münze zu nehmen und hielt sich mit beiden Pfoten sein Maul fest zu – bis Paula las: „Der Uhu ließ ein verächtliches Knurren hören." Sie ahmte sogar das Geräusch nach: „Grrrrrrr."
Das klang gar nicht mehr wie Paulas Stimme. Egons Löffelohren hörten das bedrohliche Krächzen eines großen Vogels!
„Grunzgütiger Krumpf!", kreischte Egon da verzweifelt. „Ich pipisel mir gleich ins Fell vor Angst!"
„Frau Brettschneider, Baby Albi braucht eine Windel!", rief Götz.

Maxi und Lukas wälzten sich vor Lachen auf ihren Isomatten. Auch die restlichen Kinder prusteten laut los. Albi hätte sich am liebsten in seinem Schlafsack verkrochen und wäre nicht mehr herausgekommen. Aber er blieb tapfer sitzen und wurde nur noch röter als rot. Konnte sich Egon denn kein bisschen zusammenreißen? Hätte Albi ihn bloß zu Hause gelassen!

Die Nachtwanderung

Frau Brettschneider kratzte sich verzweifelt am Kopf. „Könnt ihr denn nicht einmal ein paar Minuten lang ruhig zuhören?“

„Ihr seid das Vorlesen offensichtlich gar nicht mehr gewohnt.“ Paula klappte ihr Buch zu.

„Dann werde ich meine Überraschung vorziehen“, sagte Frau Brettschneider und sprang auf. „Was haltet ihr von einer Nachtwanderung im Brünnleinpark? Etwas frische Luft wird uns allen guttun! Danach seid ihr vielleicht nicht mehr so aufgekratzt.“

„Au ja, eine Nachtwanderung!“, rief die ganze Klasse im Chor.

Sogar Maxi, Lukas und Götz fanden diesen Vorschlag ihrer Lehrerin großartig. Frau Brettschneider forderte die Kinder auf, ihre Jacken anzuziehen und die Taschenlampen mitzunehmen.

„Egon, du bleibst hier“, flüsterte Albi, als er seine Taschenlampe herausholte. „Ich bin echt sauer auf dich. Du hast mich gerade vor all meinen Mitschülern lächerlich gemacht.“

„Aber doch nicht mit Absicht!“ Der Krumpfling ließ die Löffelohren hängen und zog eine zerknirschte Grimasse. „Tut mir leid, dass ich dich blumiert habe. Ich hatte wirklich so eine Nasenaffenangst!“

Da konnte Albi seinem Freund nicht mehr länger böse sein. Er überlegte nicht lange und hielt Egon die Hand hin. Schließlich war er selbst ja auch nicht immer der Allermutigste. Das harmlose kleine Gespenst machte ihm natürlich keine Angst, aber er schloss nicht aus, dass es böse Schattenwesen gab. Egon grinste dankbar und quetschte sich durch das Ärmelbündchen von Albis Sweatshirt. An der Innenseite hangelte der Krumpfling sich mit seinen kleinen Krallen nach oben und kroch von dort in Albis Kapuze.

Nachdem sie sich in der Garderobe Jacken und Mützen angezogen hatten, marschierten die Kinder in Zweierreihen durch das Schulhaus zum Ausgang. Albi und Lulu liefen als Letzte vor Praktikantin Paula. Die sollte die Nachhut bilden und aufpassen, dass keiner verloren ging.
„Götz ist so was von dümpeldoof. Aber diese Lesenacht ist das Tollste, was wir bisher mit Frau Brettschneider gemacht haben", stellte Lulu fest. „Ich freue mich auf die Nachtwanderung!"
Die beiden Freunde traten nebeneinander durch das Schultor.
„Eine Nachtwanderung finde ich auch toll. Wenn es nur nicht ganz so dunkel wäre!", meinte Albi mit einem Blick zum Himmel. Die letzten rötlichen Wolkenschleier wurden eben von einem blauschwarzen Nebel verschluckt.
Plötzlich sprang jemand hinter der großen Tür hervor und brüllte: „BUUUH!"
Albi hüpfte vor Schreck zur Seite und stieß dabei Lulu um. Die trat im Fallen Paula auf den Fuß.

Egon krallte sich mit den Pfoten in Albis Haaren fest, um nicht aus der Kapuze zu purzeln.
„Aua!“, schrien Albi, Lulu und Paula gleichzeitig.
Ein schadenfrohes Lachen ertönte. Albi erkannte im Licht der Straßenlaterne Götz, der hinter der offenen Tür gewartet hatte, um ihn zu erschrecken.
„Ich bin der Unterhosengeist!“, rief Götz gackernd. „Deine Mutti hat mich geschickt, um zu kontrollieren, ob ihr Albispatz seine langen Unterhosen trägt! Zeig doch mal!“

„So eine durchgeweichte Hirnwindel!“, empörte sich Egon leise. Normalerweise betitelte Albi andere nicht mit Schimpfworten – aber in diesem Fall fand er, dass Egon nur zu recht hatte!

„Du doppelt durchgeweichte Hirnwindel!“, sagte er möglichst cool und ließ Götz stehen. Dabei klopfte sein Herz immer noch, als wollte es aus seinem Körper hüpfen. Ein zweites Mal wollte sich Albi auf dieser Nachtwanderung nicht erschrecken lassen!

Gespenster gibt's doch nicht!

Frau Brettschneider führte ihre Klasse bis zum Brünnleinpark. Am Eingang des Parks zählte sie die Kinder.
„22, 23, 24 und Paula ist auch da. Wir laufen jetzt eine kleine Runde durch den Park. Achtet bitte darauf, dass keiner zurückbleibt." Die Lehrerin zeigte auf die Digitalkamera, die Paula umgehängt hatte. „Spitzt die Ohren und seid wachsam! Vielleicht haben wir Glück und bekommen etwas Besonderes vor die Kamera! Einen Fuchs oder einen Biber. Vielleicht auch einen Nachtvogel oder sogar …", sie senkte geheimnisvoll die Stimme, „... ein Gespenst? Darüber könnten wir dann einen Aufsatz oder einen tollen Artikel für die Schülerzeitung schreiben!"
„Das ist bestimmt nur ein Witz von Frau Brettschneider gewesen. Gespenster gibt's nicht

wirklich, sagt mein Papa“, beruhigte die Locken-Anna die kleine Anna, als sich die Gruppe in Bewegung setzte. Aber Albi war sich da nicht so sicher. Wenn sogar seine Lehrerin daran glaubte? Obwohl sie eine Erwachsene war? Albi fühlte ein flaues Flattern in seinem Magen. Er hatte sich fest vorgenommen, auf keinen Fall Angst zu haben. Die ganze Klasse dachte nach Egons Geschrei während des Vorlesens auch so schon, dass er ein Feigling wäre. Seine beiden Freunde waren ihm allerdings keine große Hilfe, beim Versuch mutig zu sein.

Lulu sang leise vor sich hin: „Finster, finster, finster, finster, nur der Uhu grinst im Ginster. Und die Eule ruft im Grunde: Gei-ster-stun-de!“

Und Egon kauerte in Albis Kapuze und klapperte beim Gedanken an Uhus mit seinen Hackezähnchen.

Richtig schlimm wurde es, als sie tiefer in den Park gelangten. Hier leuchteten nur noch wenige Laternen. Egon begann, in Albis Kapuze zu wimmern: „So viele munkeldunkle Bäume. Da kann doch wirklich so ein Vogelvieh heranzischen, um den armen Egon zu verschnabulieren. Ich fühle mich wieder ganz krumpfurchterbar!“
Albi konnte gut verstehen, dass sich sein Freund schon wieder fürchtete. Auch ihm wurde es immer unwohler. Wie Irrlichter tanzten die Lichtkegel der Taschenlampen durch die düstere Umgebung. Bäume streckten ihre Astarme nach ihm aus und warfen lebendig wirkende Schatten. Die Luft roch nach modrigen Blättern. Fledermäuse schossen knapp über ihren Köpfen durch die Zweige. Vor sich sah er nur noch die Umrisse von Philomena und Johanna. Jemand ahmte mit den hohlen Händen den Ruf eines Käuzchens nach: „Huuuhuuuh ...“

„Uaaah, der Schuhu!“, quietschte Egon in Albis Ohr. „Das ist das Ende von Egon Krumpfling!“ Albi zuckte zusammen und hielt sich die Hand aufs Ohr. „Himmel, brüll doch nicht so!“

„Alles in Ordnung mit dir, Albert?“, fragte Paula. Sie ging immer noch direkt hinter Albi und Lulu und hatte Egons Geschrei und Albis Antwort natürlich auch gehört.

„Jaja, wenn ich aufgeregt bin, führe ich manchmal Selbstgespräche“, erklärte Albi notgedrungen.

„Du musst wirklich keine Angst haben. Das mit den Gespenstern war sicher nur ein Spaß von Frau Brettschneider“, versuchte Paula ihn zu beruhigen. „Aber es ist tatsächlich sehr dunkel hier. Vielleicht wäre es besser, wenn wir wieder

umdrehen. Ich rede mal mit der Chefin!“ Paula zwinkerte Albi zu und joggte nach vorne.
Bevor Albi mit ihm schimpfen konnte, versprach Egon schnell: „Tschuldigung, Albi. Das war das letzte laute Wort aus meinem Maul, bei Oma Krumpflings Stirnfransen-Lockenwickler!“
„Das wollen wir hoffen“, sagte Lulu. „Du machst Albi noch zum Affen vor der ganzen Klasse.“
Sie hatte zwar recht, aber Albi musste seinen Freund nun doch verteidigen.
„Sei nicht zu streng mit Egon“, sagte er. „Er hat eben Angst und meint es ja nicht so.“
„Krumpfrichtig“, bestätigte Egon. Niemals in seinem Krumpflingsleben würde er seinem besten Freund absichtlich Schaden zufügen!
Mit schnellen Schritten gingen Albi und Lulu weiter, um den Anschluss an die anderen Kinder nicht zu verpassen. Genau in diesem Moment prallte ein kleiner Gegenstand genau auf Albis Kopf und landete dann vor seinen Füßen. Albi bückte sich danach und erkannte im Licht seiner Taschenlampe eine Eichel. Im ersten Moment

dachte er, ein Eichhörnchen hätte sie fallen lassen. Aber dann flog eine weitere Eichel auf seinen Rücken. Also musste es mal wieder ein blöder Witz von Götz und dessen Kumpeln sein!
„Da wirft jemand runde harte Dinger auf mich!", beschwerte sich nun auch Lulu. Die Eicheln kamen von hinten. Stand Götz vielleicht zwischen den Büschen versteckt? Albi sah sich unsicher um. Doch da rief Frau Brettschneider am vorderen Ende der Gruppe: „Gottlieb, gib Emma sofort ihre Mütze zurück!"
Wenn Frau Brettschneider mit Götz schimpfte, konnte der ausnahmsweise nicht schuld sein!
Eine weitere Eichel traf Albi am Hinterkopf. Er blieb ruckartig stehen, drehte sich um und leuch-

tete mit der Taschenlampe zurück. Auf dem Weg war nichts Besonderes zu erkennen.
„Huuuuuhuuuu!“, ertönte die hohle Stimme erneut. Jetzt begann Albi zu zweifeln. War das vorhin etwa kein Mitschüler gewesen? Das Geräusch kam von dicht über ihnen. Hatte Egon vielleicht doch recht? Und ein Uhu saß irgendwo im Geäst und knackte Eicheln?
Mit einer schnellen Handbewegung leuchtete Albi nach oben. Doch da war kein Nachtvogel zu sehen. In der Krone des Baumes hockte etwas Unförmiges … etwas Großes … etwas Weißes. Ein Gespenst!

Albi will abgeholt werden

„Hilfe, ein Gespenst, Hilfe!“ Albi rannte einfach los. In seiner Panik schaute er nicht, wohin er lief und kam vom Weg ab. Seine Jacke verhedderte sich in etwas. Gespensterfinger, die nach ihm griffen? Mit einem Ruck riss sich Albi los und landete auf dem Bauch.

Aus Albis Kapuze kreischte Egon: „Krumpfgütiger, das kleine Gespenst!“

Über Albi kreischte Lulu. „Aaaah, ein Geist!“

Die beiden hatten das Gespenst also auch gesehen. Frau Brettschneider, Paula und die restliche Klasse kamen zurückgelaufen.

„Oh je, Albert, bist du gestürzt? Hast du dir wehgetan?“, fragte Frau Brettschneider und zog Albi wieder auf die Füße. Er zeigte wild fuchtelnd in die Luft.

„Nein! Dort! Hier! Hilfe!“ Er war so aufgeregt,

dass er keinen vernünftigen Satz herausbrachte.
„Wir haben beide ein Gespenst gesehen!", erklärte Lulu keuchend. „Da oben im Baum!"
Sie leuchtete zitternd mit ihrer Taschenlampe in die große Eiche, in der sie das Gespenst entdeckt hatten. Jetzt sahen es alle. Das Gespenst schwebte von Ast zu Ast. Es war riesig!
Albi presste sich an Frau Brettschneider und versteckte sein Gesicht in der Ellbeuge, damit er die grässliche Erscheinung nicht länger sehen musste.
„Ich will heim!", wimmerte er. „Meine Mama soll mich abholen!"
Um ihn herum begannen einige Kinder zu kichern.

„Nun beruhige dich, Albert!“ Frau Brettschneider hockte sich zu ihm und nahm ihn in den Arm. Egon begann unter seinem Fell zu schwitzen und zog schnell den Kugelbauch ein, damit die Lehrerin ihn in Albis Kapuze nicht bemerkte.
„Es kann dir wirklich nichts passieren“, sagte sie. „Das ist doch alles nur Spaß!“
„Nein. Meine Mama soll mich abholen!“, wiederholte Albi. „Sofort!“
Er hatte so schreckliche Angst! Das hier war kein blöder Scherz von Götz. Das war ein echtes Gespenst! Immer mehr Kinder kicherten.
„He Albi, das Wesen da oben ist doch nur ein Gespenst aus dem Laken-Land!“, sagte Donatus lachend.
„Wie kommst du denn auf Laken?“, fragte Frau Brettschneider unschuldig.
Die Locken-Anna meinte: „Ganz einfach! Wir haben vorhin alle aus dem Fenster geschaut, als das Gespenst mit seinem weißen Betttuch angeradelt kam. Dann hat es sich hinter der Mülltonne versteckt.“

„Anscheinend kommt diese Art von Gespenstern auf Bestellung von Frau Brettschneider!“, sagte Praktikantin Paula grinsend und zwinkerte Frau Brettschneider zu. „Wie eine Pizza vom Lieferdienst.“

Jetzt lachten alle Kinder. Nur Albi blinzelte ängstlich durch die Finger seiner vorgehaltenen Hände, während Frau Brettschneider immer noch schützend den Arm um seine Schulter gelegt hatte. Wie konnten seine Klassenkameraden nur so furchtlos sein? Und was redeten sie da für unverständiches Zeug? Alle hatten ihre Taschenlampen auf das Gespenst gerichtet. Und Paula knipste sogar mehrere Fotos.

„Dann habt ihr also allesamt, bis auf Albert und Luise, Herrn Vogelsang vorhin am Schultor gesehen? So ein Pech aber auch!“, sagte Frau Brettschneider schmunzelnd. „Beim nächsten Mal muss ich meine Überraschung besser vorbereiten.“

Sogar Egon verstand nun, dass sich die Lehrerin einen Scherz für die Kinder ausgedacht hatte. Er

zupfte Albi am Ohrläppchen. „Ich glaub, Oma Krumpflings Wasserkessel pfeift. Das war ja ein waschechter Krumpflingswitz. Guck doch mal richtig, Albi!“ Und dann begann sogar der kleine Krumpfling, leise zu kichern.
Wenn sein Freund Egon keine Angst mehr hatte, fürchtete Albi sich auch gleich etwas weniger. Er nahm seinen Mut zusammen und schaute sich das Gespenst nun genauer an. Weiß schimmernd stand es auf einem breiten Ast und winkte ihnen zu. Lulu, die sich selbst eng an Albi gedrückt hatte, lachte plötzlich laut auf.

„He, du Gespenst!“, rief sie in den Baum hinauf. „Wenn du zufällig meinen Papa triffst, dann gib ihm seine Schuhe zurück!“
Albi zwickte die Augen zusammen, um besser zu erkennen, wovon Lulu sprach. Und da sah auch er die orangefarbenen Turnschuhe. Das waren eindeutig die Treter von Herrn Vogelsang!

Egon hat eine Idee

Nach der ganzen Aufregung war Albi sehr froh, als er und Egon ohne weitere Zwischenfälle wieder in der Schule ankamen.

„Im ersten Moment dachte ich wirklich, im Baum sitzt ein Gespenst“, erzählte Paula lachend. „Da hat uns die liebe Frau Brettschneider ganz schön reingelegt!“

Selbst Albi konnte jetzt mitlachen. Natürlich wollte er sich nicht mehr abholen lassen. Aber Götz und seine Freunde zogen ihn immer noch damit auf, dass er im ersten Schreck nach seiner Mama gerufen hatte.

Lukas blökte: „Albi hat Frau Brettschneider umarmt. Albi ist verliebt!“

„Angstblase, Schweinchennase, morgen kommt der Popelhase!“, reimte Maxi. Wie ein Ferkel grunzend hüpfte er um Albi herum.

Am schlimmsten trieb es natürlich Götz. Er konnte sich gar nicht mehr beruhigen.
„Achtung! Achtung! Der kleine Albert Artich will von seiner Mutti abgeholt werden! Haha! Der kleine Albert will abgeholt werden!"
Immer wieder fing er damit an, bis schließlich alle Kinder Albi auslachten.
„Wo bleibt denn die Mami, Albispatzi?"
Albi biss fest die Zähne zusammen und versuchte das Geblöke zu überhören. Egon dagegen platzte fast das Kragenfell vor Wut. Wenn er Albi nicht gerade eben bei Oma Krumpflings Lockenwicklern versprochen hätte, still zu sein, dann würde er diesem grützigen Grausegötz ordentlich die Meinung sagen. Aber er musste sich eine raffiniertere Rache ausdenken. Eine Rache, die Albi nicht wieder in Schwierigkeiten brachte.
Wenigstens konnte Lulu ihren Freund lautstark verteidigen. „Du bist auch nur stark, wenn du deine beiden Gorillas Maxi und Lukas bei dir hast!", rief sie Götz zu. „Außerdem kannst du leicht deine Riesenklappe aufreißen. Du wusstest

schließlich von Anfang an, dass unter dem Laken mein Pa steckt."
„Das ist doch pupsfiepsegal, was ich wusste und was nicht", sagte Götz. Dann fügte er großspurig hinzu. „Ich fürchte mich nie! Vor absolut nichts. Das werdet ihr merken, wenn ich euch vorlese."
„Da sind wir schon sehr gespannt, Gottlieb. Aber bevor wir weiterlesen und weiterhören, haben wir uns ein leckeres Abendessen verdient!"
Frau Brettschneider lud die Schüler ein, sich an die gedeckte Tafel zu setzen und zuzugreifen. Ihre Praktikantin Paula und sie hatten sich viel Mühe gegeben: Es gab Butterbrezeln, Hackfleischbällchen und Spieße mit Trauben und Käsewürfeln. Dazu wurden Karotten, Gurken und

Tomaten mit einem Joghurtdip serviert. Aus Radieschen hatte Paula kleine Mäuse geschnitzt, die Philomena viel zu süß zum Essen fand. Zur Nachspeise sollte jeder ein Schälchen Schokoladenpudding bekommen. Damit ihnen wieder warm wurde, goss Frau Brettschneider den Schülern heißen Früchtetee mit Honig in die Becher. Eine Zeit lang war im Klassenzimmer nur glückliches Schmatzen und fröhliches Gemurmel zu hören. Egon war unauffällig aus Albis Kapuze herausgekrabbelt, lag nun gemütlich auf Albis Schoß und ließ sich von seinem Freund mit Leckerbissen füttern. Er rülpste zufrieden, wofür Albi ein paar anerkennende Lacher seiner Tischnachbarn und einen strengen Blick von Frau Brettschneider erntete. Doch davon merkte

Egon nichts. Er dachte angestrengt nach: Diese Lesenacht in der Menschenschule war ein krumpfgutes Abenteuer. Wenn nur der Doofklotz Götz und seine Gesellen nicht so gemein zu Albi wären. Eigentlich gäben die drei hervorragende Krumpflinge ab. In Schimpfwortkunde wären sie bestimmt Klassenbeste und auch in FTU, im Fiese-Tricks-Unterricht. Als Egon an die Fächer in der Krumpflingschule dachte, hatte er plötzlich die Idee. Eine Idee, für die er von seinem Lehrer Professor Honigschwamm bestimmt eine Sechs mit Spinne bekommen würde ...

Fliegende Frikadellen

Albi wollte Egon gerade ein kleines Stück Butterbrezel ins Maul geben, da bemerkte er, dass der Krumpfling gar nicht mehr auf seinem Schoß lümmelte. Doch er kam nicht dazu, sich Sorgen zu machen, denn nun rief Lukas laut: „He, was soll denn das?“

Eine Frikadelle mit Ketchup war genau gegen seine Stirn geflogen. Lukas wischte sich mit der Serviette die rote Sauce ab und sah sich um. Er nahm das Fleischbällchen und wollte es zurückwerfen.

„Alter, wer war das?“, fragte er wütend.

Natürlich meldete sich keiner.

„Lukas, wir werfen nicht mit Essen!“, tadelte Frau Brettschneider.

„Und hör endlich auf, alle und jeden mit ‚Alter' zu betiteln."
Ungehalten steckte sich Lukas das Fleischbällchen in den Mund. Da zischte eine Traube mit Karacho in Maxis Ohr und blieb darin stecken.
„Junge, jetzt hat's mich erwischt!", rief Maxi.
„Das Geschoss kam von Götz!" Er deutete auf seinen Kumpel neben sich.
„Von mir doch nicht!", gab Götz zurück. Doch nun flog genau aus seiner Richtung ein Käsewürfel in Lukas Teetasse. Jetzt konnte sich Lukas nicht mehr zurückhalten. Er griff nach einer Handvoll Radieschen-Mäusen und schleuderte sie auf Götz.
„Die Killer-Mäuse greifen an!", schrie der und verschanzte sich hinter seinem Teller.
Die Radieschen prallten ab und versanken in Johannes' und Maxis Pudding. Der schickte mehrere Karotten-Pfeile über den Tisch. Zuvor tauchte er sie allerdings in den Joghurtdip. So hinterließen sie eine Spur aus weißen Tropfen auf der Tischdecke und quer über Frau Brettschneiders dunkelblauem Pulli.

Frau Brettschneider war eine sehr geduldige Lehrerin. Aber wenn sie wütend wurde, dann richtig. Sie schlug mit ihrer Hand so heftig auf den Tisch, dass der rote Tee aus den Bechern schwappte.

„Gottlieb, Maximilian und Lukas, absolut allerletzte Warnung!“, schimpfte sie. „Ihr schlaft heute nicht nebeneinander. Und wenn hier noch ein einziges Salzkörnchen durch die Luft fliegt, dann lasse ich euch von euren Eltern abholen.“

Solche Drohungen musste man ernst nehmen. Auf einen Schlag waren alle drei still. Und die restlichen Schüler sicherheitshalber auch. Nur wer ein sehr feines Gehör hatte, konnte aus der Schale mit den Gurkenschnitzen ein leises, aber höchst zufriedenes Krumpflingskichern hören!

Gottliebs Gruselgeschichte

Egon warf kein Salzkörnchen und auch sonst nichts mehr. Er wollte nämlich nicht, dass Frau Brettschneider bei Götz' Eltern anrief. Das wäre zu einfach gewesen.
„Jetzt hurtig in eure Schlafanzüge und dann drei Minuten Zähneputzen!"
Frau Brettschneider schickte die Schüler in die Waschräume. Auch für dort hätte Egon viele Ideen gehabt, Schabernack zu treiben: Zahnpasta in Haare verteilen oder nasse Waschlappen in Hausschuhe stopfen ... Doch Egon hielt sich zurück und studierte in der Zwischenzeit lieber, was Götz seinen Klassenkameraden gleich vorlesen wollte. Sein raffinierter Racheplan hatte nämlich noch eine zweite Stufe!
Als sich alle wieder im Klassenzimmer versammelt hatten, sagte Frau Brettschneider: „Wie

angekündigt, werde ich erst noch unsere drei Krawallbrüder trennen. Dann können wir endlich weiterlesen."

Götz und Lukas mussten ihre Schlafsäcke in verschiedenen Ecken des Klassenzimmers ausrollen. Ohne zu murren, gehorchten sie. Zu groß war die Angst, dass die Lehrerin sie wirklich von ihren Eltern abholen ließ. Als Frau Brettschneider ausgerechnet Götz anwies, sein Lager neben Lulu und Albi aufzuschlagen, maulte er leise vor sich hin: „Dann kann ich ja gleich mit meiner kleinen Schwester im Kindergarten übernachten."

„Kindergarten?", antwortete Egon aus Albis Tasche heraus. „Gleich wirst du dich in die Kinderkrippe zurückwünschen, du Minifürzchen."

Götz ballte die Fäuste. Er dachte natürlich, Albi hätte mit ihm geredet. Aber er durfte ihm für diese Frechheit keines auf die Nase geben, denn Frau Brettschneider ließ ihn nicht aus den Augen.

„Gottlieb, nach dem Alphabet bist du als Nächster mit Vorlesen dran! Da kannst du auch keinen Unfug anrichten. Welche Lektüre hast du uns mitgebracht?“
Götz zog ein zerfleddertes Schulheft aus seinem Koffer. „Meinen eigenen Horrorroman!“
Mehrere Kinder klatschten begeistert.
„Du hast selbst ein Buch geschrieben?“, fragte Paula. „Das finde ich ja toll. Wie bist du auf die Idee gekommen?“
„Bücher, die man kaufen kann, sind mir nicht gruselig genug. Diese Geschichte hier habe ich mir extra für die Lesenacht ausgedacht. Ich hoffe, ihr habt gute Nerven!“ Götz grinste Albi an. „Und du steckst dir am besten deine langen Unterhosen in die Ohren, du Angstkaninchen!“
„Sei bloß still!“, zischte Albi in seine Tasche, bevor Egon auf Götz’ Seitenhieb antworten konnte. Der Krumpfling quatschte sich sonst noch um Kugelkopf und Kragenfell! In der Tasche blieb es tatsächlich still. So still, dass Albi sich wunderte. Er schaute genauer nach. Außer ein paar Kleidern

und seinem Lieblingsbuch war nichts zu sehen. Die langen Unterhosen und Stoffaffe Antek fehlten. Und auch Egon hatte sich schon wieder aus dem Staub gemacht.
Was plante sein Freund denn jetzt schon wieder? Albi kam ins Schwitzen. Er konnte nur hoffen, dass Egon nicht zu dick auftrug. Ein Krumpfling im Gepäck kann ganz schön Nerven kosten. Aber was sollte Albi machen? Laut nach Egon rufen und ihn suchen, war ja nicht möglich! Also kuschelte er sich wie die anderen in seinen Schlafsack und hoffte das Beste.
Götz schlug die erste Seite auf und begann feierlich: „Die Schule des Schreckens. Von Götz E. Kurz."

„Toller Titel!“, fand Donatus.
„Danke, find ich auch. Hab ich auch echt lang drüber nachgedacht.“ Mit gesenkter Stimme las Götz weiter: „Die Nacht war schwarz wie der BMW X6 von meinem Vati. Alle Schüler waren gerade im Klassenzimmer. Sie lagen in ihren Schlafsäcken, weil es war Lesenacht. Frau Brettschneider und die Paula waren auch da. Plötzlich ging das Licht aus.“
Ein paar Kinder kreischten vor Schreck. Denn genau in diesem Moment ging das Licht tatsächlich aus.

Egon spukt in der Schule

„Bleibt alle ruhig liegen!“ Die Stimme von Frau Brettschneider hallte etwas unsicher durch das Dunkel. Dann leuchtete ihre Taschenlampe auf und die Lehrerin tapste zum Lichtschalter. Mit einem Klick wurde es im Klassenzimmer wieder hell.

„An der Sicherung scheint es nicht zu liegen. Die Elektrik ist offensichtlich in Ordnung.“

Aber nichts war in Ordnung. Denn kaum hatte sich Frau Brettschneider wieder hingesetzt und Götz den letzten Satz wiederholt: „Da ging plötzlich das Licht aus ...“, ging das Licht schon wieder aus!

Die beiden Annas schrien noch lauter als zuvor. Frau Brettschneider leuchtete Lukas an, der direkt beim Lichtschalter lag. „Lukas?“ Mehr brauchte sie gar nicht zu sagen.
„Ich habe den Lichtschalter nicht berührt! Ich schwöre, Alt ..., äh. Ich schwöre“, beteuerte Lukas.
Tatsächlich ging das Licht jetzt wieder an.
„Voll gruselig!“, flüsterte Donatus.
Maxi neben ihm hatte sich ganz unter das Waschbecken zurückgezogen und lutschte ängstlich an seinem Daumen. Lulu stupste Albi an und kicherte. „Siehst du, jetzt könnte Maxi wirklich einen Schnuller brauchen!“
„Kann es vielleicht ein Wackelkontakt sein?“, fragte Paula.
Albi und Lulu kicherten hinter vorgehaltener Hand. Die beiden ahnten längst, dass der Wackelkontakt „Egon Krumpfling“ hieß!

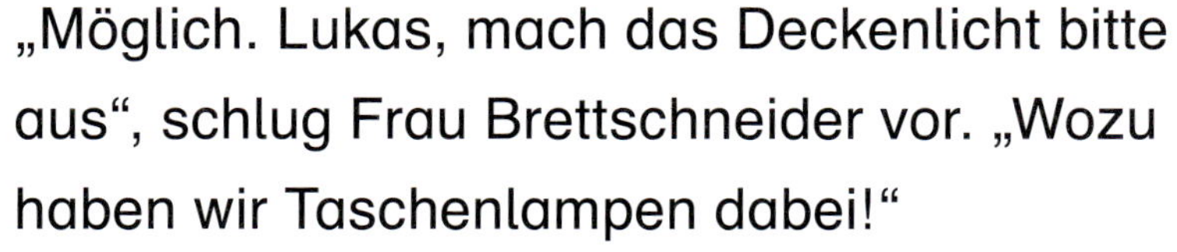

„Möglich. Lukas, mach das Deckenlicht bitte aus“, schlug Frau Brettschneider vor. „Wozu haben wir Taschenlampen dabei!“

Nachdem Lukas das Licht gelöscht hatte, lag das Zimmer in gespenstischem Dunkel. Nur einzelne Taschenlampen warfen kleine helle Kreise auf ihre Umgebung.

Götz sah selbst aus wie ein Geist, weil der Lichtkegel ihn von unten bestrahlte, während er las: „Knarzend öffnete sich die Türe. Schritte tapsten über den Boden. Aus dem Dunkeln erklang ein schauriges Stöhnen.“

Ein leises Quietschen unterbrach ihn. Mehrere Kinder leuchteten auf die Tür, woher das Geräusch kam. Die Klinke bewegte sich langsam nach unten und die Tür öffnete sich knarrend. Alle hielten den Atem an. In der Stille hörte man Schritte über den Boden schlappen. Als Frau Brettschneider den Schein ihrer Taschenlampe auf dieses Geräusch richtete, standen da die Hausschuhe von Franz. Meterweit entfernt von ihrem Besitzer. Der rief entsetzt: „Die hab ich doch neben mir abgestellt!"

„Uaah!", jammerte eine heisere Stimme aus einer ganz anderen Richtung, „Ooooooh-aau!"
„Jetzt bekomm ich echt Angst!", flüsterte Philomena. „Man könnte meinen, alles was Götz liest, wird wahr!"

„Man kann Geschichten doch nicht ‚wahr lesen'", erwiderte Götz. Aber seine Stimme klang ganz dünn, als er fragte: „Oder etwa doch?"
„Natürlich nicht!" Frau Brettschneider hatte sich schon wieder gefasst. Sie erhob sich ächzend, machte ein paar große Schritte über das Bettenlager zum Fenster und verriegelte den gekippten Flügel.
„Irgendwo im Schulhaus steht vermutlich noch ein Fenster offen. Ein Windzug hat die Tür aufgedrückt und heult durch den Gang. Dabei wurden auch Franz Hausschuhe verschoben. Es gibt für alles eine Erklärung."
Paula hatte inzwischen die Klassenzimmertür wieder fest geschlossen.
„Soll ich nicht lieber mit Lesen aufhören?", fragte Götz verunsichert. „Falls es doch an mir liegt?"
„Auf keinen Fall!", antwortete Albi. „Ich muss unbedingt wissen, wie es weitergeht!"

Baby Götz will abgeholt werden

Wenn sich Albi nicht fürchtete, konnte Götz erst recht nicht zugeben, wie große Angst er hatte! Also blieb ihm nichts anderes übrig, als weiterzulesen. „Wo war ich? Schauriges Stöhnen. Genau.“ Er zögerte kurz, aber diesmal blieb alles still. Mucksmausestill. Moment mal … War da nicht ein vereinzeltes Tropfen zu hören? Wie aus einem undichten Wasserhahn? Pltsch ... pltsch ... pltsch ... Tatsächlich! Es fielen Tropfen auf Götz. Einige trafen die aufgeschlagene Seite seines Hefts und hinterließen rote Flecken.

„Das gibt es nicht!“ Götz sah entsetzt auf. „In meiner Geschichte heißt es als Nächstes: ‚Blut tropfte von der Decke.‘ Ich werd verrückt.“

Wie sollte er auch ahnen, dass im Mobile an der Decke ein Krumpfling baumelte und aus dem Fingerhut der Werklehrerin Tee vom Abendessen verkleckerte. Egon hatte Götz' Text zuvor ja genau gelesen. Jetzt konnte er jede Beschreibung wie in einem Theaterstück umsetzen! Albi, der natürlich wusste, dass hinter alledem sein großartiger Krumpflingsfreund steckte, tupfte mit dem Finger auf einen der roten Flecken und schleckte daran.

„Schmeckt nicht nach Blut, eher süß. Komm, Götz, lies einfach weiter!"

„Wie kann Albi nur so cool bleiben?", fragte Isabella bewundernd. „Wir fürchten uns alle total!"

Diesen Triumph wollte Götz Albi nicht gönnen. „Du vielleicht. Ich fürchte mich nicht.“ Er nahm all seinen Mut zusammen und las weiter: „Da erschien den Schülern der Monstergeist. Zwei Augen glühten in einer Fratze über einem affenartigen Körper. Anstelle von Ohren hingen giftige Tentakel am Kopf. Der Monstergeist war auf die Welt zurückgekehrt. Er wollte sich an den gemeinen Kindern rä ... rä ... rä …!“ Weiter kam er nicht. „Hast du dich verschluckt, Gottlieb?“, fragte Frau Brettschneider besorgt. Sie leuchtete auf Götz, der immer noch stammelte.

Er zeigte mit dem Finger auf das Regal an der Rückwand des Klassenzimmers. Da sahen die anderen auch, was ihn so erschreckte: Auf dem Regal saß in unheimliches Licht gehüllt ein affenartiger Zwerg. In seinem haarigen Gesicht glühten bedrohliche Augen. Anstelle von Ohren hingen unheimliche Tentakel von der Stirn!

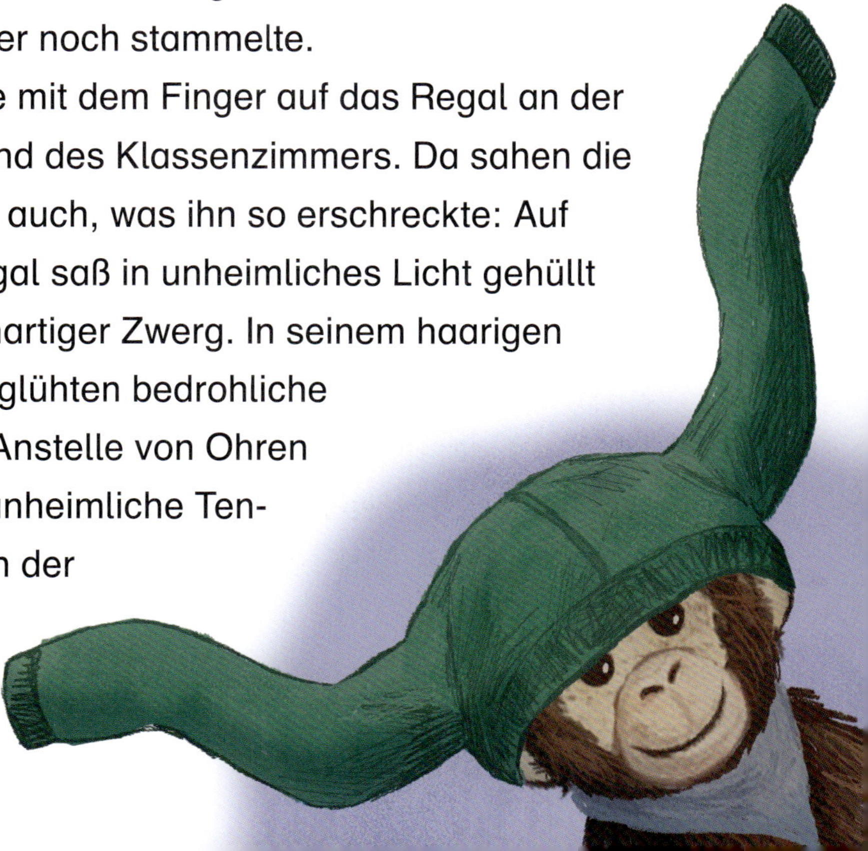

Wer genau hingesehen hätte, hätte Albis Stoffaffen Antek und seine lange Unterhose erkennen können, die Egon mit den Taschenlampen von Lulu und Albi vor sich her schob. Aber Götz sah nicht genauer hin.

„Räbäääh!“, quiekte er. Dabei krabbelte er auf allen vieren zu Frau Brettschneider. „Der Monstergeist will sich an mir rächen! Meine Mutti soll mich abholen!“

Und bevor Frau Brettschneider ihn daran hindern konnte, verkroch sich Götz unter ihrer Daunendecke.

Wer zuletzt liest, liest am besten!

Wie durch Zauberhand ging das Deckenlicht wieder an. Auf Albis Kissen lag ein harmloser Stoffaffe. Seine lange Unterhose steckte ganz unten in der Tasche. Der Spuk war vorüber.
„Unglaublich", sagte Paula. „Ich hab auf einmal alles, was Götz gelesen hat, wie in einem Film vor mir gesehen!"
„Ich auch!", rief Philomena. Da gaben alle anderen zu: „Ich auch!"
Frau Brettschneider war quarkbleich geworden. „Ja, ich doch auch, zum Donnerbälkchen! Das geht nicht mit rechten Dingen zu! Vielleicht sollten wir die Polizei rufen!"
Albi und Lulu sahen sich erschrocken an.
„Am Ende kommt die Polizei mit Spürhunden und entdeckt Egon", flüsterte Lulu Albi ins Ohr.

Albi wurde heiß vor Schreck. „Das müssen wir verhindern!“
„Aber Frau Brettschneider, die Polizei würde uns bestimmt auslachen!“, rief Lulu. „Gespenster bei einer Lesenacht. Sollen die Polizeibeamten die in Handschellen legen?“
Und Albi setzte hinzu. „Ich bin sicher, das war nur unsere Fantasie. Während man liest, werden Geschichten doch immer wirklich. Also mir geht es jedenfalls so bei gut geschriebenen Büchern!“
Die Kinder atmeten auf. Maxi wischte verschämt seinen angenuckelten Daumen an seinem Schlafsack ab. Auch Frau Brettschneider wirkte plötzlich sehr erleichtert.
„Ja, Albert, das ist eine vernünftige Erklärung. Für alles gibt es eine Erklärung. Sag ich doch!“
Sie wollte ihre Bettdecke hochheben. „Gottlieb, du kannst herauskommen!“
Doch Götz klammerte sich an der Bettdecke fest. „Ich komm erst raus, wenn meine Mutti da ist“, piepste er.

Nachdem Frau Brettschneider alles versucht hatte, um ihn zu beruhigen, rief sie notgedrungen bei Frau Kurz an. Nur wenige Minuten später holte diese ihren Sohn ab.
„Mein Gottiliebling!“, begrüßte sie ihn. „Ich wusste doch, dass du nur zu Hause bei deiner Mutti gut schlafen kannst.“
Diesmal kicherte keiner. Nicht einmal Albi, obwohl der allen Grund dazu gehabt hätte. Aber er war eben ein netter Junge.

Und dann wurde die Lesenacht doch noch schöner, als es sich Albi hätte erträumen können.

„Kann Albi uns wieder aus seinem Buch vorlesen?“, fragte Johanna. „Ich brauche jetzt dringend eine lustige Geschichte!“
„Au ja, Albi soll lesen!“, riefen die beiden Annas.
„Fänd ich auch cool, Alt... Albi“, sagte Lukas etwas beschämt.
Albi ließ sich nicht lange bitten. Er las mehrere Kapitel aus „Der Sommer, als wir den Esel zähmten“, bis alle seine Mitschüler mit Bildern von Almwiesen vor den geschlossenen Augen lächelnd eingeschlafen waren.
Lulu hatte sich mit Albis Affen Antek eingerollt und murmelte im Traum leise vor sich hin.
„Sommer, Sonne, Berge. So schön!“
Paula gähnte. „Das Buch muss ich unbedingt fertig les ...“ Weiter kam sie nicht, denn nun war auch sie eingeschlafen. Frau Brettschneider schnarchte bereits, als wollte sie den ganzen Brünnleinpark abholzen.
„Und wer liest mir jetzt vor?“, fragte Albi leise.
An seinem Ohr flüsterte Egon. „Wie wäre es mit Egon Krumpfling?“

„Sehr gut! Übrigens eine prima Idee, dass du mit zur Lesenacht gekommen bist“, antwortete Albi glücklich.

Egon zerrte das große Märchenbuch der Krumpflinge aus seinem kleinen Rucksack und kuschelte sich damit neben Albi auf das Kopfkissen. Sein Nasenfell war vergissmeinnichtblau vor Freude. „Ich hoffe, du magst unsere Krumpf-Märchen.“ Er schlug die erste Seite auf und begann: „Von einem der auszog, das Fürchten zu verlernen. Hinter den sieben Kellern, bei den sieben Tellern, lebte einmal ein kleiner Krumpfling, der sich immer fürchtete ... Albi? Albi, schläfst du etwa schon?“

Albi antwortete nicht. Da klappte der kleine Krumpfling das Buch zu, knipste die Taschenlampe aus und schmiegte sich fest an seinen besten Freund.

Annette Roeder

DIE KRUMPFLINGE

Egon zieht ein
96 Seiten,
ISBN 978-3-570-15858-6

Egon wird erwischt
96 Seiten,
ISBN 978-3-570-15859-3

Egon schwänzt die Schule
96 Seiten,
ISBN 978-3-570-17090-8

Egon taucht ab
ca. 96 Seiten,
ISBN 978-3-570-17123-3

Egon rettet die Krumpfburg
ca. 96 Seiten,
ISBN 978-3-570-17262-9

Egon wird großer Bruder
ca. 80 Seiten,
ISBN 978-3-570-17284-1

Egon wünscht krumpfgute Weihnachten
96 Seiten,
ISBN 978-3-570-17344-2

Egon macht Ferien
96 Seiten,
ISBN 978-3-570-17395-4

Egon spukt in der Schule
96 Seiten,
ISBN 978-3-570-17477-7

www.cbj-verlag.de

8308_9